Poëmes parisiens

ARMAND LAFRIQUE

Poëmes parisiens

La Petite Marchande de Mimosa

Le dernier Bal

La Mort de Catin

Dits par M. MÉVISTO

PARIS

TRESSE & STOCK

LIBRAIRES-ÉDITEURS

8, 9, 10 & 11, Galerie du Théâtre-Français

1891

A mon Ami Mévisto

Son tout dévoué
ARMAND LAFRIQUE.

La petite Marchande de Mimosa

Elle allait, offrant ses bouquets,
Suivant la rue ou sur les quais,
Par tous les temps, ou neige ou pluie ;
Sur sa face maigre et bleuie
Au souffle âpre du vent qui mord,
On lisait ces deux mots : La mort !
Elle souffrait, la jouvencelle,
Hoquotant sa toux de crécelle,
Entre ses longs doigts amaigris
Tenant des mimosas fleuris.
O cruelle désespérance !
Les passants, pleins d'indifférence
Et tout frileux, pressaient le pas.
Hélas ! ils ne la voyaient pas !

L'heure fuit, malgré ses alarmes,
La pauvre enfant cache ses larmes
Et répète, rongeant ses pleurs :
— « Fleurissez-vous !... Voici des fleurs !... »
Des grandes, déjà vicieuses,
Lui disaient parfois, gouailleuses,
Qu'il faut, pour plaire aux vieux messieurs,
Rire de la bouche et des yeux.
Qu'alors, une piécette blanche
Paye un œillet, une pervenche.
Et qu'on doit être gaie, enfin !
Oh ! sourire quand on a faim !
Devant quelque ignoble satyre,
Quel épouvantable martyre !
Ce soir là, par ce temps de chien,
La pauvrette ne vendit rien :
Et quand, de fatigue brisée,
Elle tomba sur la chaussée,
Ce fut pour mourir lentement...
Elle fit un rêve charmant :
Aux sons d'un concert de mésanges,
Elle vit venir deux beaux anges
Ayant au dos des ailes d'or.
Des fleurs qu'elle tenait encor
Ils tressèrent une couronne,
L'un d'eux lui dit : Je te la donne !

Puis, la prenant tout doucement,
Par delà le bleu firmament,
Tous deux conduisirent la morte
Dans ce paradis dont la porte
S'ouvre toujours à deux battants,
Quand meurent les petits enfants !

. . . .

Elle allait, offrant ses bouquets,
Suivant la rue ou sur les quais,
Par tous les temps, ou neige ou pluie ;
Sur sa face maigre et bleuie
Au souffle âpre du vent qui mord,
On lisait ces deux mots : La mort !

Novembre 1891.

Le dernier Bal

Le salon semble un brasier rouge ;
Au dehors, ses lueurs de bouge
Éclairent du rare passant
Le profil maigre et grimaçant.
La nuit, aux tons vagues de bistre,
Paraît profonde et plus sinistre
Et l'hôtel dans ses noirs habits,
Comme un monstre aux yeux de rubis
Immobile au milieu de l'ombre,
Cherche à percer l'espace sombre.
Cet antre, que renferme-t-il ?
D'où lui vient ce parfum subtil
D'herbes, de fleurs et de chairs nues,
Senteurs célestes, inconnues !

D'où lui vient ce rythme énervant
Que nous porte un frisson de vent ?
Quelle est la douce mélodie
Que chante la brise attiédie ?...
C'est la valse et son tourbillon,
Qui dessine dans son sillon
Des arabesques de dentelles,
De ruisselantes cascatelles
De perles et de diamants
Et des baisers volés d'amants !
C'est la valse ardente ! Elle avive
Les appétits de la chair vive,
Et, l'un contre l'autre pressés,
Ces jeunes couples enlacés
A l'esprit jettent en pâture
Tous les désirs de la nature !...
Lorsque le fringant cavalier
Sous son étreinte fait plier
La jeune fille aux seins de marbre,
Son bras, comme une branche d'arbre,
Se courbe en replis gracieux ;
Un seul regard confond leurs yeux,
Comme un seul soupir leurs haleines ;
Les cheveux noirs des Madrilènes
Et les tresses d'or d'Albion,
Aux reflets fauves de lion,

Composent de hardis mélanges :
Les démons s'unissent aux anges
Et, dans ce merveilleux taudis,
L'enfer se mêle au paradis !

. . . .

Puis, le soleil revient sur terre
Et, huit jours après, on enterre
Quelque pauvre fille du bal !
L'imprudente a saisi le mal
Au sortir de la belle fète,
Le lendemain, pâle et défaite,
Portant le germe de la mort,
Sans un regret, sans un remords,
Elle rêve, en son agonie,
A cette valse où s'est ternie
La pure flamme de son cœur,
Et c'est le nom de son vainqueur,
Dans le dernier accès de fièvre,
Qui vient expirer sur sa lèvre !

La Mort de Catin

Sur un grabat sans nom, dans l'ignoble masure,
Tandis que le vent souffle et marque la mesure
De la chanson d'hiver, Catin meurt à trente ans !
— « La fille n'en a plus que pour très peu de temps, »
A dit le carabin. — « C'est l'affaire d'une heure ! »
— « Elle souffre beaucoup, autant vaut qu'elle meure ! »
Répondent les voisins. Comme elle n'a plus rien,
Ni guenilles, ni sous, elle meurt comme un chien.
Pour s'éloigner, chacun trouve raison futile :
On s'en va, c'est fini, tout soin est inutile !...
Et la pauvre Catin, sans garde, sans amis,
Sent le froid de la mort marbrer ses traits blêmis.

Grelottant, elle songe aux quinze ans de jeunesse
Qu'elle employa, sans art, à vendre un peu d'ivresse
Au rabais ! à bas prix ! dans de noirs carrefours,
Ou chez les débitants de faciles amours.
Lors, l'esprit du métier reprenant son empire,
Elle grimace encore un engageant sourire
Et soudain, croyant voir le spectre du trépas
S'arrêter sur le seuil : — « Eh ! bien,... tu n'entres pas?... »
Lui dit-elle aussitôt, dans son râle de fille :
— « Entre donc, beau garçon !... je serai... bien gentille ! »

.   .   .   .

.   .   .   .